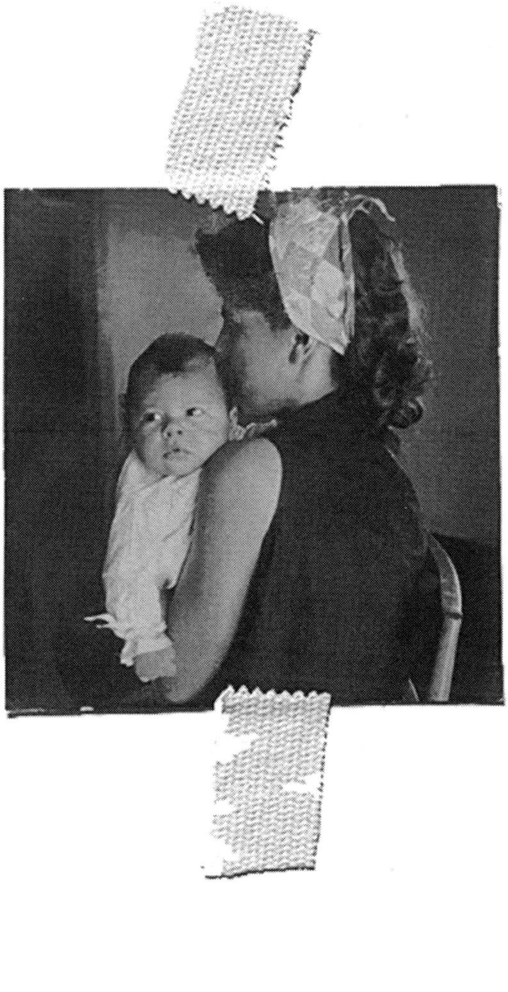

JUSSARA SALAZAR

CORPO DE PEIXE EM ARABESCO

2012 - 2019

KOTTER EDITORIAL

Coordenação editorial: Sálvio Nienkötter
Editor executivo: Raul K. Souza
Editora adjunta: Maria Luiza Carvalho
Produção: Cristiane Nienkötter
Projeto gráfico e editoração: Jussara Salazar
Reprodução das fotos: João Urban

Dados Internacionais de Catalogação na Publicação (CIP)Angélica Ilacqua CRB-8/705

SALAZAR, Jussara. Corpo de peixe em arabesco / Jussara Salazar.
--Curitiba : Kotter Editorial, 2019.
152 p.
ISBN 978-65-80103-55-3
1. Poesia brasileira I. Título

19-1582 CDD B869.1

KOTTER EDITORIAL
Rua das Cerejeiras, 194
Telefone: +55 (41) 3585-5161
Email: contato@kotter.com.br

Associado ao:

Para minha mãe, fonte primordial
[*in memoriam*]

=

Ai! Lancei as minhas redes aos mares deles para apanhar peixes, mas tão só pesquei a cabeça de um deus antigo. Assim deu o mar uma pedra ao faminto. E os próprios poetas parecem vir do mar.

[Assim falou Zaratustra | Nietzche]

A CABEÇA DO QUERUBIM
[MARÍTIMOS.MARTÍRIOS]

o torso arcaico

Vagando
as ondas o tule do mar
do extremo amor
devolveu
a cabeça do querubim perdido
e ao amanhecer
____ele
era o pássaro que recolhi
no sonho da noite passada
e tinha cor de sangue nas asas
do peito sangrava seu pequeno manto
e olhos negros que saltavam
vivos
de sua plumagem
e sua plumagem
éramos nós
como duas mães
diante de um oceano
e assim o tempo nascia
naquele mar que ia e vinha
quando vi teu torso
um desenho
costurado à linha do horizonte
por isso te aguardarei menino
quando retornares com o tempo
tuas cicatrizes
teu corpo

desterro

Nem mar nem pedra: são um corpo
sim
são dois corpos
adormecidos viajantes
que o mar escuro e revolto recolheu
que o mar escuro e revolto reconhece
suas vestes
seu sono
como um guardião dos dias e das noites
sem nome nem rosto
as águas negras como num sonho
abraçam os náufragos que retornam
adormecidos pelo mar agora
um tecido pontilhado sobre o algodão marítimo
_____a areia os acolhe
como a terra imaginária que ficou para trás
não trazem bagagem
apenas seus corpos
seu amor
sua solidão testemunhada pelas mesmas águas
que carregaram seus corpos e
sua memória
seu esquecimento
e vão deixando que sonhem
um som de conchas sonoras
uma cesta de peixes saltando
um afago de algas

estrelas cadentes
ondas e
a espuma rítmica de ulisses
até que despertem
salobros anjos
estranhos
perplexos

um grão de areia cobre o meu corpo

O caminho toca o chão
Superfície da superfície
Voo líquido
Intervalo remoto
Passagem onde corre
O rio
Da minha alma
O rio
Como um rio
De um tempo
De um chão
Qualquer
Vastidão

gigantomaquia

i

Ah no Pérgamon as cabeças não se movem. Brancas, arenosas, pétreas. Zeus tem os olhos fixos brilhando para um futuro que não virá. Porque as cabeças de Pérgamon deixaram para trás um corpo perdido. Esses corpos foram encontrados e agora estão ali. São muitos pedaços como atores de um teatro pós-apocalíptico

Primeiro o escavador descobriu alguns torsos e mãos. Depois vieram as pernas, os pés e muitos braços. Fragmentos vivos na memória de mutilações e guerras. Brilham agora como destroços no grande parque de corpos dependurados. Um amontoado de corpos sem ossos. Sem nervos. Gloriosos, expõem-se como puzzles, encaixes na tentativa de provar que foram corpos íntegros. Corpos com carne.

Por isso se desorganizaram e brotam das paredes como fissuras sem agonia. Exibem-se. São raízes subindo, descendo sua nudez decepada. Seu sexo clássico. Suas cabeças degoladas. Suas cabeleiras espessas. Suas mãos inúteis e pés cristãos.

ii

Para descrever esses corpos é preciso uma fração de segundo. Deuses se transformam. Não se repetem em sua luta para sobreviver. Já são sobreviventes. Porque não sobreviveram. E flutuam sem memória alguma. Dispersaram-se. São entulhos do pós-guerra.

Corpos desenterrados que o capim não cobriu. E por isso a desordem. E enquanto morrem os animais esses corpos flutuam. São corpos sem peso que testemunham as nossas lembranças. Sem espasmos. Silenciosamente.
Sem nenhuma dor

iii
Um zumbido pancrônico anuncia: os deuses chegaram. Aparelhados agora são corpos em movimento. Antena nos dedos, nadam como peixes no grande aquário humano. As máscaras, os músculos, brilham nas paredes do túnel. Vasculham a área. Ideogramas brilham sob o anúncio. A forma: uma papoula? Azul. Klein. Um blues sequer não há nem *god save the queen*. Nem pássaros. Mas os flashes estalam sobre os corpos. Coxas. Ruídos. Noé embriagado. Luz e trevas. Um braço de fiberglass. As sibilas e os profetas apontam para o céu. A terra arde numa festa de corpos

estética da tempestade II

Um anjo emergiu do mar
era transparência
redemunho
a relampejar

súbito temporal urdido

serafim entre serafins
recordou
o jovem rosto de minha mãe
como mar revolto
dançou entre as estrelas

antes de adormecer
silenciou seu cansaço
sua dor
____________________e soou
____________em único rumor
______________________storm_

fabulando com as rãs

Sou filha da deusa Tempo
Ela me diz
És como a rã
Saltando
Pelos dias
Devorando horas
Ruminando
a profundeza dos rios
E assim o fazes
Para mergulhar
em ti
Para navegar todas as águas
E passar
por mim

borborema
pedra-encantada

Atravessei cinco mil anos
Na pedra do ingá
Atravessei seus guerreiros
Órion com seus luminares
Atravessei antigos oceanos
Agora adormecidos
Na quietude da terra atravessei mulheres
As mulheres
Com seus cabelos ensolarados
Com suas marcas gravadas
Volutas fios ancestrais
Sobre o coração
Atravessei meu corpo
quando meus dedos
tocaram o sol dessas pedras
onde as deusas me atravessaram
gravando seus uivos
Em um tempo
próximo
em um tempo
longínquo

E adormeci

odomyá

O mar é de mamãe
O mar como o medo o mar
Um esquecimento
Ou uma lembrança
Como uma infância
E seu ninar de ondas
Como uma infância
Saturada de seus pesadelos
Carregada
de suas utopias
O mar
com suas oferendas
Sim o mar
para ir e voltar
para ver-se
para o outro para o ar
para aprender no que se vai
e que vagueia para voltar
O mar
todo mar
é de quem ama
o mar
o mar

oceano

Aquele manto prata
áspera haste dançarina
espuma salsugem aragem

que aos gregos o púrpura
que ao marulho as margens

decompõe
se gesto líquido
a vaga encarnada

[o saber-se
safra luminosa]

é contorção
fulgor
seu corpo
sua ronda
seu peixe
sua onda
        abre-se!

ícaro

o sonho da liberdade
o voo
cicatrizes
marcas
que o vento leva
e desfaz
página por página
livro de areia
marítimo
famélico
como raposa solitária
visão aérea
do homem pássaro
num retábulo de Bosch

canto gregoriano aos peixes de calhetas

a sede
rítmica
ensina
a água
a onda
sinuosa
desenha
o mar
um mar
azul
montanhoso
tortuoso
corpo sedento
tormento
que nunca
cessa
de se sentir
e passar

o querubim

Vejo-te cidade a partir daqui
Enquanto a outra ondula
sob o sol escancarado na esfera do dia que se vai
Um barco desapareceu afora do horizonte
Como um pêndulo oscila sua *mis-en-scene*?
ou *mis-en-plis* que se dobra sobre as ondas
ode às sereias, carma. O oriente é depois da curva
E a cidade cospe a todos como um escarro
Imprecações ao Senhor. Desilusões. Al- racif-muralha
és a flor d'água, o estorvo, empata-foda
um corpo perdido de michê
vagando sem rumo
mutilada

Vejo-te mas calo. E não falarei sobre a chuva que
ontem apagou a fumaça das fogueiras
encharcando
as ruas lotadas de turistas
zanzando
subindo
descendo
seus corpitchos
no navio desproporcional
que se aproximava e se afastava
roubando e devolvendo
a geometria pesada
na exatidão das pedras sujas do cais

Monstro marítimo ele arrastava o corpo pesado
aquele navio
simulando uma falsa solidão enquanto o convés fervia
abarrotado de turistas mexicanos que
no breakfast
desdobravam
entre risinhos
seus mapas de papel fino
Faziam planos para uma próxima invasão à tarde
Uma visita ao planetário? Aqui não há um planetário?
Queixa-se a moça atrás dos óculos de aro vermelho
Não aqui não há planetários
Mas putas e tubarões rondam o navio

Não falarei da cidade. Direi ao mar
os teus peixes morrem. Mas o mar não escutará e
moverá as negras ondas as negras mãos líquidas
que não gesticulam
mas gritam
palavras desconhecidas
em línguas diabolicamente estranhas
Não falarei enquanto falo ao mar. E ouço nomes
que se assemelham ao teu nome
O querubim
o de olhos engraçados e sem um braço
repete também o teu nome
Como um mantra
uma loa
um poema monótono
um poema bélico

Não falarei sobre a dúvida ou
as bifurcações impossíveis
das quadras em forma de triângulo
que se amontoam nas ruas de um bairro sujo
e distante do porto
As pequenas ondas lentas e mornas se acinzentam
com a chuva monótona de junho
sob o barulho inaudível que se escuta
Mas também não falarei das ondas
Nunca as ondas roçando o teu torso macio de anjo
boiando e apodrecendo
nesse vaivém das águas

COLHEITA

sumi-e

Aos vinte descobri
a palavra indelével. Pintei
dois olhos de coruja
em meu corpo *mermaid*
com tinta da china sobre
papel de arroz

o desenho sumiu
os laços se romperam
o tempo foi do tempo

escuto a máquina
lavando os lençóis
modo suave-duplo-enxágue

corpo inconsútil

Para Helena Britto Pereira

A linha do rio costura
o céu e a terra
a linha da terra costura
o céu e o mar
a linha do céu dobra
o inferno ao meio

contornamos o sol

a linha do tempo
não se dobra
mas fia
teia de si mesma
acalenta o vento
e costura
a linha dos dias

peixe em arabesco

A cambraia fina teceu fio a fio
o vestido de elisabeth bishop
a cambraia negra desmanchou fio a fio
o vestido de elisabeth bishop.
elisabeth bishop como um peixe
um feixe
uma cadela
colada na cambraia
fio a fio
nadando na baía de guanabara
flutua seu vestido-anáfora-âncora
um sintagma repetido
mil vezes tecido
fio a fio
e era fina essa cambraia
and then there is no choice
elisabeth bishop

encontro com haia pinkhasovna

Olhos oblíquos a mulher soltou a máxima:
eu preciso de algumas horas de solidão por dia
senão me muero me calo me mato enfim
eu preciso de um cigarro
e apressada sentou no café abarrotado
seus olhos oblíquos carregando
a tarde sobre os ombros
eu preciso de algumas horas de solidão por hora
ou me muero num segundo
eu nunca recordo os sonhos
e ela disse sou haia pinkhasovna
haia pinkhasovna
eu preciso de um nome

ma-chèrie-kiki

Kiki smith diz
I Have Nothing to Say
kiki ou lilith Smith não importa
quem nos 70s disse
não sou natural
não tenho espírito eu
sou patética
sou um peixe-kiki
um corpo anfíbio
kiki-pele sem plumas
um corpo liso
sem saber que
não sou natural não tenho escamas
e sou o cordeiro entrelaçado
sobre o travesseiro cinza
sou um pássaro-kiki repetindo
um gesto que desenha meu corpo
como um happening como
se kiki smith não tivesse
nada a dizer

mondrian-masterpiece

Pieter cornelis caminha em linha reta
por broadway boogie-woogie
onde as árvores negras faíscam à luz da lua
e a grama amarela corta
a paisagem sobre o mapa
porque lá em broadway boogie-woogie
sopra o moinho vermelho
e a árvore cinzenta brota macieira em flor
pieter cornelis arma sua composição
com cores B no tabuleiro vermelho
para depois dançar
sobre o amarelo-broadway-boogie-woogie

o gato de M.H.G.

Maria helena galindo ria de tudo porque antigamente se chorava de tanto rir sem uma lágrima sequer Era muito discreta quando ia à missa de domingo e não usava decotes largos como hilda e elvira que apareciam vestidas de noiva como andorinhas Maria helena galindo ria enquanto guardava o gato e biscuits de porcelana na cristaleira laqueada Levava a vida entre fitas e sianinhas ziguezagues ondulados entre anjos de açúcar confeitado e o dia corria maria helena galindo era criança era moça velha *pianoforte* rezava chorava e ria

rito

O lençol abre-se

a luz sangra a manhã através do vidro e ainda que não houvesse céu Verônica gira e abre os braços em círculo e cada mão como asa segura as duas pontas para uni-las na dobra como uma dança e depois novamente juntá-las quando abaixa o corpo que se dobra e apanha o tecido macio elástico e flexível que vai se dividindo em mais dobras cada vez menores como uma folha de papel vai ao infinito e se decompõe em movimentos brandos brancos como uma ária Verônica é um corpo curvo Verônica é um pássaro que desentranha o espaço que se repete à luz do sudário todas as manhãs

“deseoso es aquel que huye de su madre”

Quando lezama lima sonhava com o rosto de rosa lima rosado a noite avançava como o sopro de um furacão e as gavetas falantes abriam e se fechavam quando rosa lima rosado surgia no sonho ao seu lado em meio aos vapores de uma pequena xícara de café matinal.

Dichoso voy entre nieblas que así desatan el árbol,
que preguntan entre anillos el lento sabor del agua.

loa leve para dom affonso

Atravessar o sal
e vagar
ao léu do mar
________teu imaginado mar
atravessar o vazio
das montanhas de tua minas
mastigar o ócio
onde a adaga corta o fio
na linha fina
de tuas mãos
de tua língua
desenhar um livro
acenar para o trem
brincar no rio
e ao pôr do sol
caminhar
entre ávilas e
palavras
para desfiar
tua página imaginária

sobre a tapeçaria
de um certo tintureiro francês

Campeando ao som dos clarins
o rei marcha a cavalo
fúria cálida a nervura sobre a trama
salta no tecido carmim
entre os ramos cor de jade
desde os páramos desde o fim
do mundo
do corpo
da costura
e do pano exposto
de tua fibra de flandres – teia fiada –
que *gobelin* o tintureiro de bièvre
fez vir até a minha infância
na pequena casa de uma rua qualquer
naquela parede

geada negra

Há dois homens no jardim das coníferas
e eles conversam com jamil snege
um corta a grama
o outro carrega
um resto de crepúsculo nos ombros
já que
a vista no jardim das coníferas
é morrer um pouco entre os escombros
e há dois homens
que conversam com jamil snege
no jardim imaginário
e eles carregam o sol
cortam a grama
conversam sem palavras
– ciprestes sequoias e pinheiros bravos –
há dois homens no jardim das coníferas
e quando jamil snege desaparece
o dia se vai porque agora tudo é tarde
a brisa morna tem pressa
e desenha sua tempestade

nicanor

A cara
os olhos
a juba
ou a anti-cabeleira
elétrica
da claroescura
observação
quedase
marcada
no retrato
de nicanor
parra

o peso de uma pedra imaginária

Waly disse
a memória é
uma ilha de edição mas
alguma coisa flui
pedra bruta
flutua no deserto
rota
mapa
busca
irremediável perda

e à porta
um cão avisa:

cave canem
esqueça

F.K.

Esse amor intolerável
minha deusa asteca
estridente e silenciosa delicadeza
vulcão popocatépetl
a saia de serpentes
as mãos feridas
sangrentas
o broche impuro
um abutre feminino
corpo
torturado sob atavios
jóias antigas de coatlicue em meio
às sedas braceletes círios
de uma procissão de corpos
partidos oh parsifal ecoa
nas fitas de tua saia imperfeita
anáguas sussurrantes asas de
uma borboleta escura voejando ruídos
és o templo vazio
em meio à quietude
numa mata de yucatán

macabéia

Clarice está no parque
posa para o retrato
e tem nas mãos
aquele vermelho
do hibisco que sangra
olhos fixos
clarice sente-se
nua como uma fruta bomba
[cortada sobre a mesa]
expõe suas sementes

clarice prova o batom
na pele da mão
e atira pedras ao vento
clarice inseto clarice fruto
no parque
posa para o retrato
clarice em carne viva
fala entre dentes
e seu estranho acento
abre sobre o poema
a ferida da linguagem

lavinia Schulz

O que restou
de lavínia schulz
dançarina expressionista alemã
quando fotografada
por minya diez-duhrkoop
em 1924?
talvez esse olhar
de dançarina
sua máscara de papel
e suas antenas
além de um
incrível gingado construtivista

[ou seria expressionista?]

miró

A mulher banhista
veste as ondas
e mergulha

seu corpo reto
divide o mar
em fios teias

emaranhados
leves
pesados
riscos na areia

UM ANIMAL DEITADO À BEIRA DO RIO

[...]

Todas as palavras sobretudo os barbarismos universais
Todas as construções sobretudo as sintaxes de exceção
Todos os ritmos sobretudo os inumeráveis

[Manuel Bandeira]

um animal deitado à beira do rio

Serei sutil, digo,
não me espere para o jantar
madame bovary? non
ou madame bovary c'est moi
e não serei sutil como clara
atirando cascas de amendoim no garçon
clara gargalhando em santelmo
no palco a atriz repete *hay cadáveres*
perlongher é um fantasma
e vaga perlongher vaga
entre a corrientes y a 9 de julio, clara
dormindo no trem para o cohglan
onde no supermercado a bolsa de todos os clientes
será revistada - mas serei sutil
ainda que mamãe diga: "poetas mentem"
e eu, eu mesma, não diga nada
se da janela não vejo
da janela vejo pasárgada,
lugar do azul inconsequente
e ainda eu, joana a louca de espanha
rainha e falsa demente
a que rasga
papéis ao vento
avance com meus cavalos
quando o azul for silêncio
um silêncio tedioso
sobre o vidro que escurece e não mente

porque agora estou deitada à beira de um rio
e morro como um velho elefante, eu
esse Bandeira menino
pois já sei que não há mais azul
nem telefone automático
sequer há reinado
nem as histórias de rosa
da janela vejo já não vejo pasárgada
"mas nem tudo está perdido,
luiza acordou sem febre"

um animal foge pela r. carneiro vilela

Desceu a rua
ligeiro apressava o passo
pelo caminho fugia da solidão da tarde
depois que soterraram as pedras seculares
e só o velho ficou ali
na cadeira de plástico
vigiando o dia do juízo final
o velho
entre frases desconexas
depois que o mundo afundou
30 cm embaixo do piche
o mundo adormeceu
o mundo emparedou
as pedras desapareceram
e já não há mais rua
mas a solidão não sabe
e ajusta o disparador automático
sorri e clica antes de mergulhar
numa nuvem de tags
por isso apresso o passo
sigo o caminho
fujo da solidão da tarde

o animal retorna à itaca

Ulisses não há mar não há riso ulisses
não há sílaba na mala mal arrumada
não há palavra nem há beira não há nada
nem a praga desairada
ou a máscara de pedra
e sob os teus pés me derramar
ser altar ou ninfa cega
a água que desmancha o véu
e lava o cantar vadio
de um pássaro
ouvindo os teus passos
carpindo a cruz de um verso
ou cuspindo a dor no prato
ulisses não há mar não há lei
não há risco nem há rei
e sousândrade sorrindo te dirá:

E este vento que me açoita as faces
De condenado e arranca-me os cabelos?

um fantasma à beira do rio

Sou um poema
essa câmara de ecos
variação do nada
repito a mudez do morto
repito
o silêncio na cidade
o murmúrio
todas as vozes
e não há palavra
nem há porto
o poema ressoa
ressuscita ao terceiro dia
ecce homo
mas não há corpo

after dark vapours have oppressed our plains

Ah sátiros e faunos fugiram
buscavam precipícios brumas colinas?

mas a água que desce goela abaixo dos bueiros
não mata a sede de pastores perdidos
não corre para o mar de espumas
e não abraça conchas ou roça
o corpo das náiades que se banham

nuvens de fumaça cobrem o voo raso e demente
de poeira e cascas de cebola pelo ar

a língua das facas

Não há poema
apedrejaram a estátua do bandeira
e os tambores soaram às seis da manhã
não há palavra
e quero palavras macias
palavras antigas e suaves
como os tapetes da mesquita
que flutuaram sob meus pés
naquele domingo de março
não há letra suficiente
os signos falam uma língua de facas
os signos foram destruídos
os signos foram esquecidos
os signos fugiram pelas ruas
e ninguém mais consegue decifrá-los
estamos balbuciando sons
como numa infância
com sua mudez de aprendizes
como numa infância
de brinquedos quebrados
de caminhos partidos
como "veredas que se bifurcam"

yo, la peor de todas

O amante francês sussurra
tendresse
ao meu ouvido
era um amante secreto
para não revelar
a verdadeira identidade de lady c
minha avó, lady c sentada
em sua biblioteca de moças obscenas
lillys, marys, lisas
doidas suspirando e correndo sobre a relva
nuas
enquanto o amante francês sussurra
tendresse
ao meu ouvido
pois não seria justo para ela, lady c
a que não amou entre os morangos vermelhos
(lá nunca brotaram morangos vermelhos
mas imensas jacas com
seu visgo espalhado pelas sombras)
perder-se entre os muros velhos
de um quintal sem nome
cair na rede como um peixe
num dia qualquer de fevereiro
de qualquer ano
de qualquer uma
de alecrins perfumados
entorpecendo a pele

de lady c
enquanto o amante francês sussurra
tendresse
ao meu ouvido
ao ouvido da terra úmida
da terra negra
ao ouvido das flores arreganhadas
sobre o tapete de folhas molhadas
|ah santa teresa de ávila|
do visgo aberto das jacas
da sangria da carne sobre o altar
do vinho e do pão
de uma reza soprada
|ah santa teresa de ávila|
o êxtase em tuas entranhas
foi a nossa oração

um animal deitado à beira do rio

Convenhamos
retiro os meus cavalos deste reino
saio à francesa___o corpo dividido
mil nomes imaginários
sob outros nomes
heterônimos
encontrados na rua
perdidos
entre dentes e unhas
e da janela
escuto risadinhas no andar de baixo
são ratos
e sua fúria de ratos
devorando
o esmo
e os meus cavalos
eles
agora deitaram à beira do rio
um rio límpido
um rio sujo
um rio torto
um rio morto
uma canção de deus
sopra o zizi das cigarras
porque sim
deve haver deus
em algum momento

e o horror da beleza
seu cenário
e eu
essa velha máquina
essa imagem sem rosto
esse corpo sem forma
carne e espírito
eu agora
quando finda o poema
sento à margem desse velho rio

[Jovita feitosa. outra tarifa de embarque]

para Waly Salomão e Ricardo Domeneck

Não te decepciones ao pisares
a estrada real de damasco
Não te decepciones
Não apunhales o peito
Sei que
A estrada real não mais existe
Desde que derramaram cortinas fantasmagóricas
Desde que cobriram camadas de ouro folheado
Do oriente
Com a fumaça de obuses
Águas de flor não mais perfumam tecidos e almofadas
Tambores e pejis se calaram
Desde África Tauá, Jaicós
Ceará e Pernambuco
E tuas flores, vestidos, uniformes
Desastres de guerra. Cartões de amor extraviados
Reinos de lá e de cá
[gravuras do Allepo, Latakkia, Tartus, Arward]
Agora gente a vagar pelo mundo
Mensagens soando dos tambores
Não te decepciones
Por entre os homens onde caminhastes como diadorim
Solitária
Entre guarnições granadas projeteis fardos.
Naquele vapor
Que saiu de teresina até parnaíba
A casa de zâmbi e as pedras sagradas te ungiram

E guerra nenhuma se igualou a ti
Ao teu sangue
Negado pelos mesmos homens que agora destroem
Cantigas de criança desgarradas como bezerros
Cobertas de pó e mudez
Perdidas
Sobre esses pastos pisoteados
Sem deuses
Não te decepciones
Porque o ouro seiscentista permanece
em todas as casas que habitamos
Oculto em meio à sala. Acordando o turíbulo
com seus vapores de alecrim
Enquanto o jasmim da pérsia vai perfumando as noites
Nunca viste minha avó Dionysia
[a índia juremeira]
Frente ao espelho e vestida como um fantasma em sua
camisola branca
Quando desatava o cabelo e caminhava
Candeeiro à mão
Atravessando os vãos da velha casa
com suas janelas e portas altas
Não te decepciones ao pisares o chão desta guerra
Que guerra nenhuma se iguala a ti
Ao teu sonho e a tua carne
Frente ao tempo em que novas guerras nos chegam
De um estranho mundo de botas e corpos
Curtumes em silêncio. Sem a tua natureza
Carne apunhalada aos dezenove. Depois
Esquecida

desescrevo

Escrevo para a dúvida
corpo em abismo. Escrevo
para construir um céu
plantar um pomar. Para tingir
um vestido.
e cantar o morto
ou derrubar um obelisco. E
se não risco não vejo
e o fio
das horas
Insiste
escreve
ao mar revolto

meu livro é isso
um desescrevo

ladeira do carmo

          umbral
a tarde antes
meio-dia
metal-luz cabralino
entre uma caminhada
e três cafés
para depois anoitecer
entre as esquadrias brancas
mornas
e descer
          a rua entre recuos
          e a ventania
desta vila

BRISURA

catimbau

Sol a pino
terra arreganhada
cidade dura
palavras
ao sol
alegria desabrida
como o cão
e a mordida

sans enjambement__

Ah sin trobar
"quer eu en maneira
de proençal
fazer agora
un cantar d'amor"
rasgar os papéis
ah depois voar

aurora

Acordo.
sol a pino
cântico de mar revolto

anoitece em minha casa
durmo sobre as horas

a linha da minha mão é torta
diz a cartomante

e o grande pássaro voa
revoa

still-life

Um banquete:
a toalha
estendida sobre a mesa
sustenta
o frescor das pinhas
e das goiabas

como no cinema
uma festa
de babette

Ela dizia
como se visse cada instante
como se o tempo fosse
entrar pela porta outra vez
entre um silêncio e outro
entre um cigarro
e a fumaça
engolindo os olhos
ela dizia
e desaparecia
entre um
e nenhum corpo

Sol negro e
seu avesso: a neve
que te cobre
branca como a
lua

a folha voa
as cartas voam
a ventania varre
a rua
de leve

corpo agreste

Tão delicadamente
a carne
a cicatriz
no corpo
o rio sob o sol
e as frutas podres
vão deixando pra trás
o cheiro adocicado
de um céu
absoluto
azul
vazio
e bruto

casca

Um verso inunda o
delicado sertão da
minha palavra

decifra a carne
da noite dos
dias e se

decepa a erva
desenha vitrais

seu batismo é
minha morada

kairós-road:

Visto a túnica da manhã

escuto o silêncio passar a tarde

mastigo a sombra da noite

depois deixo-me despir das horas e
desapareço na poeira do semfim

exílio

Amo o rio
seu rosário e corpo
__por um triz__
transbordo o copo
sou
animal desterrado
assombro a mata
fantasma
agora
sou quase
já quase
um morto.

imigrantes

Nem mar nem pedra: é um corpo
sim
um corpo
o mar
escuro e revolto
não reconhece suas vestes

Como uma legião que marcha
sem nome nem rosto
as águas negras
como num sonho
abraçam o náufrago
seu retorno

marítimo

O que não navego
meu sonho ideal
o meu corpo
o meu corpo navega
à deriva
como uma folha
ou qualquer coisa
que se vai
papel ao vento

[os prédios me olham
em silêncio]

solarium

Para Yara Mattos

A folha pergunta
o que são
esses amarelos
que brotam
como um pequeno fogo
de dezembro

luanda

A tarde se vai
leva o banzo
sob o sol
seu ouro manso
longínquo
ancestral

No fim do dia
o sol desmancha as sombras
que fogem
preguiçosas
para escurecer a noite

extra-quadro

fim de tarde
a cidade deita
arde

bernini

a carne
o calor
do mármore

claro-escuro

respira
a pedra
respiro

eu comigo

brisura

A brisa sopra a brisa nas nuvens
a manada de elefantes avança
o exército marcha_pés_tumulto
a nuvem de algodão se desfaz

a brisa sopra a brisa na nuvem
ondas pororocas ratazanas
a chuva se desmancha em vultos
homens mijam na grama

a brisa vaga entre as putas
exala jasmins encharcados
e os jogadores de carta insones
vagalumes em noites de lua

a brisa insufla milhares de pássaros
lava as ninfeias secas
leva a cortina de voile
esplêndida nas alturas

mas os peixes estão mortos
a brisa morre na brisa
a renda voa de minhas mãos
e o lago não passa de lama

as poças evaporam
os animais já fugiram

as garças caem mortas
as mulheres se ocultam

ao meio-dia o céu se esconde
chiados arrulhos e gaivotas
onças-silkscreen rugem
no alvoroço de meninos e meninas

e as toalhas balançam
a brisa sopra as nuvens
a brisa sopra a brisa nas nuvens
a manada de elefantes avança

mas as nuvens se vão
a brisa cessa
e a nudez das mulheres
a mudez.

bird sing me a song

para Vera Gribel e Mariane Federici

Pássaro tu
enrodilhada na terra
cante-me uma canção
_____desenhe
um arabesco ao tempo
_____sussurre
o segredo secular
da areia à pérola

TEMPUS FUGIT

aquele corpo sentimental

Paredes
prateleiras armários
são paisagens
linhas de um horizonte
arabescos íntimos. Como não imaginar
a casa – esse corpo sentimental?
paredes vazias revelam a outra casa
a que se esconde
a verdadeira pele da casa
na imperfeição de seu relevo
revelação de si mesma
última página. A derradeira casca da cebola
agora alvejada
por uma rajada de balas cegas. Um front
Paredes em silêncio
marcas
vestígios de guerras
corpos irregulares. Espaço nulo
buracos escavados. Talvez recordem o
dia em que você acordou feliz
e dançou um samba na sala
depois de um gin tônica
se não me engano. A música
e o olhar para as grandes janelas
voltadas para um mar de outras janelas
mar de pequenas luzes
sirenes

sinos
alardes de crianças ao anoitecer.
Agora os móveis perfurados
desfeitos
desarmados
o outro lado
o inútil. Visto de um ponto atrás do palco
onde a entrada é proibida ao público
pedaços de avesso
escombros inacabados
improvisos. Restos de madeira
de uma antiga demolição
sem nexo e sem passado
chegarão ao novo destino
sujas, encharcadas pela chuva
que sem aviso cairá sobre o caminhão.
A casa
agora vazia de objetos e risos
calará com teus segredos entre frestas
no reflexo do velho espelho. E o teu riso
sem que ninguém perceba
soará do nada
como um guarda-chuva esquecido
para desaparecer outra vez
como o cão que segue um rosto anônimo
e some sem deixar vestígios
por esta rua
desconhecida e luminosa

sobre cavalos santos

I

olhos fechados
cigarras mudas
de sono e bebida
beijos na boca
de chorar
os cavalos bravos
de galopar
pelas ruas
da cidade vazia
chorar não chores
o teu cavalo te leva
o teu cavalo te acorda
o teu cavalo insone
reino da fuga
herói despido
ele te levará
- folia de estrelas -
para ver mundos
e adormecer

II

olhos abertos
cigarras tontas
de sono e bebida
nenhum beijo

amansa
os cavalos em fúria
soltos
na cidade vazia
move-se um mundo
o teu cavalo são ossos
o teu cavalo sem nervos
o teu cavalo -moça
trota
reino dos lobos
sem heróis ou dentes
apenas um olho
de unicórnio

III

os olhos do cego
guiam as cigarras
de sol a sol
e depois do beijo
o riso
os cavalos girando no carrossel
que sempre chega com exatidão
ao mesmo ponto
e movimenta devagar
os cavalos sem alma
os cavalos sem carne
cavalos de papel recortado
vindos de outro tempo
na verdade

eles são lobos de brincar
no teatro de sombras
ei-los subindo descendo
para onde irão?

IV

olhos para quê?
agora é preciso
apurar os ouvidos
e escutar as cigarras
que entoam explodem
de beijos
ao fim da tarde
os cavalos de papel voam
silenciosos enfileirados
na mansidão da noite
movimentam a escuridão
os cavalos de maria do céu
os cavalos de são joão da cruz
cavalos santos
de músculos e galope suave
saltam barreiras imaginárias
de um teatro aéreo
Ei-los desfazendo
pesadelos
para te adormecer

V

olhos abertos
miúdos infantis
perplexos
no tempo em que
havia quintais
e cigarras tontas
de sono e bebida
que nenhum beijo amansava
e cavalos em fúria
soltos
na cidade vazia
moviam um mundo
chamado tereza
e os olhos diziam
_____o teu cavalo são ossos
_____o teu cavalo sem nervos
_____o teu cavalo-moça
trota
no reino de lobos
sem heróis ou dentes
apenas galinhas aves
cães vadios
manadas de patas
imóveis
meus olhos
esses círculos imaginários
roubados
de unicórnios

vertigo

Isto é um teatro
isto é um vale de lírios
de lírios de plástico isto
é um vale de lírios eu acho
que isto não é real, mas o que é isto?
isto não é um teatro
e todos correm
todos brincam
porque isto não é a hóstia
do senhor consagrado
isto é um pacto ou
o vácuo do trem que se aproxima
é o terceiro ato
e ninguém mergulhou na piscina
ninguém atravessou o pátio
isto é alimento mas
está fora do prazo
é ainda um lugar vago
porquê isto é lamento
é um vale de lírios ou um quase
porque isto será sempre
um poema inacabado

os pássaros do mar

Meus navios no horizonte
essas promessas
.......são teus
Minhas unhas riscam
cartas
sobre o chão
sobre minha casa
rodeada de árvores antigas
que à noite derramam
frutos negros
e sua seiva escura pelo chão
Esse arvoredo ondeia
suas ondas e pássaros
que desmancham a dor
para tecer as raízes
as águas
e afugentar o medo
desses navios
que passam
na linha
do amanhecer

as marias

Lúcida noite
carrega tochas
são seus sóis
vermelho ouro dos céus

Lúcida noite
o pássaro
derrama azuis
viça o manto claro

Que a noite será sempre
a mulher derradeira
com seus ombros braços
e olhos de luz

luzeiro. a revolução

Há duas luas chegamos
No vapor empocirado pelo tempo
Um tempo que brilhava
Um tempo que escondia um futuro
Sobre as cartas
Sobre os dados
Esticamos o corpo para o tempo
Para a seda e a sede
Para o acaso
Dos devotos de são mallarmé
Com seus rostos de cera
Passam em marcha sob nossas janelas
Seguram círios lumes de fogo
[bebes deste vinho?]
Mas seus cavalos
No carrossel vermelho dos bárbaros
esticam os focinhos
avisam ao tempo
em seu trote lento e respiração zen
cobertos
por um manto de ramos verdes
e orvalho negro
Avisam
Que essas luas
Que essas lutas
Apenas acabaram
Apenas começaram

tempus fugit

Um pássaro na mão
semear pássaros
plantar pássaros
para colher asas
dias
liberdade
paz
vindos da terra
do frescor do capim
do pólen que as abelhas tocam
do néctar das raízes
que brotarão das
linhas da mão para
segurar o pássaro da imaginação
e suavemente
vê-lo
ir-se livre
voar

meu pássaro noturno

Ouço o voo
do pássaro de papel negro
tropel do rebanho
Escuto a noite que passa
com suas asas de penumbra
sustentado o alvorecer
o dia me pede
espere por mim
passe por nós
mas errei o caminho de volta
e o rei chamado tempo
sempre me adormece
me acorda
caminho com ele
pelo claro-escuro da mata
e retorno

luz à palo seco

Ao meio-dia à
dura impressão de
uma luz
quase cabralina
a casa inclina-se
e a sombra estira-se
- longa e vertical -
projeta suas folhas
escorre pelo muro
feito água

a carne do fruto

A fita vermelha marca a página
o livro está aberto
o livro aberto desfia sua voz
sua espessura seu canto
______[o mal da aurora?]
o livro me olha
somos muitas
dançando
semeando
colhendo os cajus desta safra
fruto derramado pelo chão
as páginas da terra irão cobrir seu sumo
seu perfume
a terra está aberta
o livro está aberto
e os cajus serão cortados
lidos
mastigados
os livros serão bebidos e devorados
e a terra será carne
toda terra estará aberta
como as frutas sobre a mesa
cortadas
lidas
mastigadas
a fita vermelha marca a página
a fruta vermelha marca a terra

alimento semeado
sangrado
sagrado
fruta colhida
desdobrada à revelia
lida
sob a navalha
afiada da vida

deus ex-machina
[estação de arroios]

Meu corpo é um oceano esférico com peixes boreais|
Dionísio brinda
Águas fluem desde myanmar para tecer um futuro
E levar os trens
Que passam rápido pela estação de arroios
Donde lê-se que toda ciência no futuro
Será exactamente verdade será exactamente inverdade

Um oceano esférico que aguarda|vampyroteuthis infernalis
Águas fluem antigas e medusas cristalinas leem o futuro
Enquanto os carros passam rápidos
E cada clamor de seus motores
Enchem o ar de ondas escuras que sonham a infância

Um oceano esférico
Onde as mulheres do oriente colhem arroz
Águas fontanas fios de seda
Tecidos sem a angústia mecânica
Enquanto navegam os barcos e elas cantam
Como um coro de meninas colhem flores aquáticas

Um oceano esférico deslocado deformado|
Metamorfose anamorfose
Águas estriadas por guerras para destecer um passado
Sob o olhar teatral de um deus impossível

Enquanto os tentáculos do tempo
Armam cenas humanas

Um oceano esférico e imaginário
Que abraça Beatriz e Dante
E revira na tela a imagem do barco para que Ulisses
Sempre retorne à imaginárias Ítacas
Para que a velha ama lave seus pés cansados da guerra

Um oceano esférico que abre cicatrizes em nosso útero
E eleva-se como o fez occam|malin génie
Cartesiano|sobre o mundo
Quando éramos a carne e o sangue
O corpo e o espírito|o desregramento dionisíaco

Um oceano esférico chamado humano
Oh se me fosse possível eu o faria ser mil anos antes
E retornaria ao mundo e às feridas | corpo anticorpo
Ao colo da terra
Agora coberta por esta estranha perfeição

Eu sentaria na estação de arroios
E sentiria a dor e a fome
E o estremecimento de trens humanamente lotados
E escutaria o coração de homens e mulheres à espera
 na beira do cais

Ergo sum qui sum [_deus ex-machina_] Exílio.

devir pássaro

Habita-me um pássaro negro
habita-me uma mulher negra
habita-me uma mulher pássaro
com asas azuis e corpo terroso
seus olhos me perguntam
quem sou eu
e meu corpo
marcado por minha mãe
a terra distante
o chão primeiro
meu corpo pintado pelas guerras
eu
e meu corpo impregnado
pelo perfume das goiabas sobre o chão
pelo andar suave de joana minha avó
agora tenho os olhos fechados para enxergar
com o olho do meu pássaro
olho de asa terrosa
aberto
vivo
sempre a me perguntar
_ quem és?

paganismo

a imagem santa
guardada naquele porão
trama seus fantasmas no teto
na cera encáustica
com suas nuvens pálidas
e tambores antigos
e eu
nada sei
mas caminho
entre essas marcas
entre rumores
vozes sagradas
loas
e pés
sobre o chão batido
do tempo

exílio

O gato budista
Com seu olhar de adivinho
Sentava na janela ao entardecer
Planejava nossa fuga
Pelas avenidas vazias
Quando eles viessem
Com suas botas pesadas
Com suas armas cinzentas
Ferro lâmina aço
Quando nos levassem
Para depor sobre o olhar suspeito do gato budista
Deixaríamos as xícaras de café sobre a mesa
As xícaras de café sempre são
O indício de uma presença
O sintoma de uma ausência
A violação de uma ordem
Enquanto nos interrogava
A coronel se distraía
Postava imagens do filho
no zap___que beleza___diziam
___isentos
Caminhamos pela avenida vazia
Depois de alguns anos
O gato budista com seu olhar de adivinho
Nos aguardava
sentado na janela onde sempre amanhece
Bebemos um café

As xícaras guardaram no fundo
Leituras mágicas
Riscos desenhos silhuetas
Paisagens de um tempo antigo
Bebemos o futuro no fundo das xícaras
E adivinhamos
Entre a fumaça e as bordas da porcelana
Entre um dia e outro
Imaginamos
O dia impossível

pachamama

Terra antiga
Cuja colheita de reinos
Era o corpo da mulher
De olhos sem fim

Olho pela janela
Pé ante pé
Luz e sombra
Paisagem branca
Gelo feito cambraia

Um mago me assopra:

Não te assombres
A terra antiga renascerá
Flora selvagem
Com seu corpo feito de tempo

ARIADNE FIA

A terra seca
Caronte na travessia
Helena desfia
Colho uma flor
A carne definha
O coração pulsa
A matilha caminha
A cicatriz abre
A concha reluz
Enquanto viceja
A erva-daninha

Lacrimosa réquiem aeternam
fia o rio
e a chuva curva

o colecionador de peles

O navio se foi
enquanto a mulher aguardava na fila do supermercado
Como um cão vadio ela guarda a noite
e espera as portas se abrirem para escapar
ao amanhecer
A cidade é esse cão vadio e agoniado
que vaga sem rumo pelas ruas
aguarda palavras de amor num hotel barato
Debaixo da pele debaixo da roupa além da pele
o corpo marcado da cidade aguarda
A pele da cidade é um mapa
Cada parte da cidade é sua marca, uma cicatriz
um vestígio assombrado
Aquela mulher não sabe
que o colecionador de peles está tão próximo. Ela
como a cidade, aguarda em cada esquina
com seu corpo coberto de tatuagens e histórias
Hoje as águas do canal invadiram a avenida
Aquela mulher é guido anselmi escapando. Fugindo
pelo teto do carro para voar sobre a cidade Fugindo
dos vivos fugindo dos mortos presos
atrás do vidro dos carros
Aquela mulher é um fellini
Um animal em retirada enquanto
a procissão do Senhor morto atravessa
O relógio está quebrado
e o tempo ainda não sabe

que toda beleza servirá apenas para recordar
o garoto da noite anterior
As águas do canal baixaram. Debaixo da pele, debaixo
da roupa além da pele o corpo daquela mulher aguarda
A cidade é o cão do poeta
A cidade está nua

[*arrasif.* muralhas de corais sangram algas
e garrafas pet que vagam pelo cais]

revolver

Chegando a esta vila
avistei a neblina
____cortei-a à faca
____como numa lição cabralina
atravessei do pátio à cozinha
ao recolher
as roupas lavadas
que exalavam
o perfume das folhas e
do tronco dos pinheirais
vesti-me
e adormeci
com a camisola limpa
impregnada
urdida por um mapa
que me devolveu a mim mesma
finalmente

alvorada 275

Para jenni, patrick, manu e mari

Os gatos viajaram no porão disseram
Não há espaço para tantos animais na cabine
Pousamos na torre do grande totem
Chuvas esparsas escorriam pelos vidros
Sobre a sala vazia
A sala vazia de vestígios
De respiração
De perfumes marcas fumaça de
Cigarros nervosos
_____Quantos cristais quebraram no transporte?
As taças mais delicadas chegaram intactas
Menos uma
Agora caminhamos sobre o mapa
Sobre a geometria de rodapés
______ângulos exatos
Amplidão anônima
Mas as crianças desceram sobre a cozinha
Trazendo pão queijo café leite
Suas asas pequenas aqueceram os vidros
Embaçados pelo revoar macio
De suas respirações rápidas
Depois se foram barulhentos para o carrossel
Vestindo suas roupas de cavalinhos mágicos
E nossos pés caminharam pela casa
E nossas mãos buscaram maçanetas interruptores

Extensões
Para nossos corpos
Para repousar sobre o colchão de ar azul
Que ondeava como um oceano em sua impermanência
Um oceano de novas águas frias
E ventos
E chuvas esparsas
Os anjos se foram como cavalinhos de carrossel
______Nós voltaremos ____Disseram
Deixando o eco de suas vozes na grande avenida
Com sua faixa de pedestres
Com seu silêncio novo e antigo
Mas depois veio o dia
Chegou
Rosa azul laranja e o dia
E amanheceu com o sol

CANTO RETORCIDO

nosotras

A menina corre com o vento
Sou um abril dessa estação
Sou o gorjeio derradeiro
do pássaro
do quc mc habita sou o cão
no púrpura e no sangue
a imagem votiva
sou a cara da minha ancestral
que vem parir
sob minha janela
e se vai
cantarolando seus ais
sou a fita encarnada do livro
dentro das horas a máscara
_____concepção
_____conceição
a mescla
guadalupe quetzalcóatl
a serpente emplumada
sou
a irmã dessa América

a trilha

Ao lado da ponte um ou dois pássaros me guiam
entro na pequena loja de antiguidades
o homem paciente me olha
seu francês pausado aponta para as etiquetas
___perder o anel logo hoje
com os dedos feios
enrugados pelo frio
o hindu sorri para mim
diz que os deuses negociam essas coisas
levam anéis para não levar   o quê mesmo?
um anel da Jeanne D'Anjou___desde 1887
a garota japonesa mira a câmera
joga seu estoque de sorrisos
e eu sigo
caminho à margem do rio
estou na multidão
um ou dois pássaros me guiam pela floresta
com suas pequenas migalhas de pão
para percorrer a mesma trilha
e voltar
e buscar
o quê mesmo?

duas portas me habitam

Aproximo o espelho
uma nesga de sol mergulha no café
enquanto leio
filosofando sobre sabonetes baratos do hotel
entre um
e outro olhar envicsado da camareira
entre corredores monótonos
_____minha pele é uma sombra na cidade
minha pele tem febre
e caminha pela tarde
na grande avenida
entre as colinas de são sebastião
entre repetições do êxtase de santa teresa
entre pilhas de livros
e demônios de louça
que riem das dez perguntas sem nexo
_____ entediar-me
em cantos de maldizer o silêncio?
visto o casaco
amarro os sapatos e
um fio de luz sobe pelo teto
imitações de miniaturas gregas
perdidas entre infiltrações
da ferrugem dos canos
são rituais de desejo
sobre as paredes sentimentais do casarão antigo
com suas portas numeradas

escadas
por onde fugirei para a rua se a noite vier
e hás de dormir____ ah cordeiro
tua sonhada leveza
enquanto revolverei esta terra
encharcada
de nossa memória

réquiem para uma moça que cai

Silêncio
ave de plumas sombra
a flor que caiu eras tu
a flor que me assombra
entre um e outro cigarro
respiravas
na quietude do martelo
quando o indesejado das gentes
te arrancou as raízes
__________flor lâmina dor
__________e-não-a-deixem-fugir
rápido a costureira teceu tuas vestes
com agulhas de ferro e sal
__________olha e olha o negro brocado da água
o lençol que te cobre
o corredor que te cospe
beira o rio e te despe
no fundo nas sombras
ave cinza ave sem alma
ave sem vestes
porque já não és
mais flor nem aroma

aurora

O começo canta
desdobra-se
beleza
a espada de são jorge
brilha ao sol

mas a lua defronte
gira pela porta da noite
a cidade cega
como late o cão
e um braço balança
sobre a escuridão

três ou quatro caprichos
escapam pela janela
escapam sobre a cidade

mas minha mátria
ela
ainda fala
de humanidade

sambaquis

Auati brotou do chão
e fecundou corpo e alma
daqueles obscuros guerreiros adormecidos

xucurus funiôs kaiowás
caetés
mortalhas encarnadas ou pés nus

seu sangue alimentou os frutos amarelos
e via-se tudo através
do imenso olho
na escuridão da noite

[o sangue dos mártires da
revolução fertilizando a terra]

exercício sobre a matéria e o amor

Paolo e Francesca emergem de um bloco
pedra sem forma
massa de mármore
Rodin esculpiu
a sublime delicadeza do amor
_____Dante
_____Beatriz
entre o inferno e o paraíso
unidos contraditórios
    a claridade da pedra
    a escuridão da noite
    a leveza do amor
    o peso do corpo
ou ainda a matéria bruta do solo
e a fragilidade da carne

Camille Claudel
Camille Claudel
chego a ti
ao teu tempo soterrado
entre o amor e
a violência de amar

carta-menina

Uma carta capaz de ler o avesso
o reverso o direito o fio do osso
o outro que desata o sol
com seus azuis ouro borboletas
papagaios urdindo cores
trópicos, peixes papoulas e guajarás
[seus bulbos de seda rasgando o céu]
– esferas em forma de letras
que escreverão um amor
e virão no redemoinho de
jades   cavalos marinhos
águas como musselina aérea
ou jaspe cor de fogo
contando o tempo do limo
do tempo-pedra
do templo rosário
do tempo carretel
do tempo do sal
e assim como disse Santa Teresa de Jesus será
_como ver uma água muito
clara que corre como cristal_

oh relíquias da santa loucura!

Teu êxtase
santa teresa é um só corpo
o do mártir por onde o oculto
onde o demônio se encantou
na forma de mulher
freira mendigo
menino negro
gigante mouro
vômito de sangue
dragão gato preto e maçã
onde o sinal da cruz salvou
e zaide
iluminada por um anjo
andou sobre a água
e fez um dragão adormecer

oh relíquias de
são crisóstomo
transporta esse santo
carrega o mundo em teus ombros
como fizera o
gigante atlas pois
o diabo disfarçado
envia flechas envenenadas
e santo antônio encontra
na floresta
paganíssimos centauros

e adormecido docemente
um sátiro
escuta senhor a dor na cantiga
escuta santa maria da
purificação de freixiosa
quando iluminou aos pastorinhos
numa ponte de prata
por onde passaram as velhas
por onde
verônica entre as pedras
avistou uma casa
um retábulo
santa casa dos mouros
com portas à céu aberto e o inferno
nunca
há-de
os ver por perto

A estranha fábula dos cavalinhos

Para Manuela e Mariana

Quando levaram a última caixa a casa ficou vazia
alguns sons chegavam pelo ar
colei o ouvido ao chão e escutei o tropel
dos cavalinhos cor de âmbar
todos os espelhos encheram-se de luz
e os chuveiros derramaram água morna e clara
os cavalinhos entravam e saiam
apressados corriam pela casa
saltando e escondendo brinquedos velhos
ouvimos o eco de suas patas barulhentas e pequenas
chicoteando as paredes vazias do corredor
deitada no chão deserto do quarto
uma voz soprou:
eu não escutaria mais seu riso e choro
os cavalinhos cor de âmbar
retornariam para as caixas do tempão
e não mais existiriam
eu – ali
diante de minha pequena batalha
era um rei
era pirro
marchando vitorioso
em direção ao grande castelo desabitado

“leite negro da madrugada nós te bebemos”

Nhozinho
pequeno senhor no colo da mucama
nhozinho no colo da mucama
a mucama sustenta Nhozinho
dá-lhe o leite negro de seu corpo
nhozinho se alimenta da mucama
do maná trazido por ela
nas tristes barcas
atravessando o longo oceano
nhozinho não precisa de nome
são muitos nhozinhos
com suas camisolas brancas
tal o menino santo
com olhos cor de futuro

A mucama não tem nome
mas tem um olhar
apenas
porque é uma paisagem
um cotidiano
nhozinhos no colo das mucamas
uma diáspora
uma legião
nhozinho no colo
da mucama
óleo sobre tela

sem assinatura e data
dimensão 0,55 X 0,44
Era aproximadamente
1822
e nhozinho ainda
bebe o leite negro
no colo da mucama

rua das moças, 43

Corina
teu crochê cobre a noite
rumina
tecendo tecendo
escreve uma língua
chamada lundum

escuta as aranhas
riscarem os moldes
bordeando
os bordados
emaranhados
mofados
noturnos
escuros
desfiados
desgraçados porque

as tuas
são as mãos
do mundo

lisetta carmi, pound e aquela casa de bom tijolo

A USURA DE DUAS MULHERES.
Sim eram mulheres
mas calçaram botas
e vestiram náusea
e armaduras de macho
tecidas na aridez dos cactos
eram duas mulheres
e muitos deles
com seus címbalos servis
com seus pactos
suas capas pretas
com seus gumes suas tretas
seus sussurros de baionetas
Mas do outro lado do mundo
outra mulher fotografou o homem
sonho e fantasma na noite
soprando um canto gregoriano
Infantaria em papel de seda:
Borgo San Sepolcro
ele entoava: _NEM PIERO DELLA FRANCESCA.

poema em desvio

Aqui palavras são
estão. Palavras
mergulhadas no rio escuro
rio do mundo
rio em toras rio em brasa
pesadas as palavras
são águas de pouca vogal
levando não lavando
palavra ardendo
palavra cega. Palavra demo
A travessia é viva
salobre animal
seu torpor abre as asas
golpeia o ar esparge
escurece
a água do rio
corte à faca
é desvio
lâmina
é palavra não dada
que furor assim não se viu

sumo

Sobre a parede
perfumada
o vermelho sangra

sobre a parede
o branco
a fruta
e a flor
o céu o sol

do barro oculto
a hera
suspensa
salta
à luz do meio-dia

imóvel
o corpo sinuoso
verte
seu rubro sumo
sobre o branco

autorretrato ao modo de fábula para um livro das horas

Ela
em sua teia mundo
tela máscara
..............cicatrizes
costura aberta
poros negros
contorcidos. ela
Entre pilhas de folhas
...............peixes boreais
azulando
ondulações véus e anjos
desenhados entre fios
feitos de nada
trabalho sagrado
mas o dia finda
com seus fantasmas
o dia finda-se livro
o dia finda-se mapa
...............histórias
e ela se vai
com suas asas

as contas do terço

As sementes inúteis
as folhas de pinha
maceradas
pisadas sobre a terra
as goiabas
apodrecidas
perfumadas
o telhado úmido
e as roupas no varal
sabem à terra
quando as contas do
meu rosário
tocam as contas do
teu rosário

natureza viva e parida

Como uma fruta imaginada
aquele corpo seria sumo
polpa
carne
viço
De suas curvas
de sua sombra
e mesmo
de sua inevitável podridão
— desdobrado seu pouco —
brotará então
outra fruta ou desejo
outro corpo

ceifa na rua 13

O vento soprou o jasmim
até ele chover brotar
embaixo da janela da casa

o seu leite ácido
estranho e perfumado
e sua flor desenharam
um jardim aéreo
de raízes silenciosas

era um pasto
súbito
e sem memória

alumbramento

O voo
do pássaro de papel negro

O tropel sombrio
do rebanho

a vara
a rama
a infância profunda

Escuto
a noite que dorme

Com suas asas
de penumbra

odília

Amanheceu
os barcos vieram
sentimos o cheiro dos peixes
recém colhidos
o cheiro do pão
saído do forno de barro
que a velha amassou
com suas mãos salobras
farejamos no ar
o tempo de fazer
do grão e da areia
o saber [oculto entre as águas]
o mar vai
o mar vem
em feixes líquidos
lavando o mal
fabricando
parindo
filhas e peixes do sal
silenciosamente
como um talismã

os olhos de ângela

Para João

todos os dias empresto os olhos
para que ele veja os barcos
que entram e saem
navegando pela barra do cais

meus olhos calculam
a manobra do prático na linha das pedras
a massa líquida marítima
e o horizonte impreciso nos dias de chuva

quando o último navio desaparece
permanecemos imóveis no cais imaginário
sob o céu de pedra
acaricio a água com os olhos

estamos nus

tessitura

quando surgir outra vez
a luz no final do túnel
sentirei amor por alguns
quando o dia amanhecer
entre os escombros
sentirei o calor das patas úmidas
depois da tempestade
pisando sobre o algodão
que brotará
da pele negra da terra
e sentirei amor por todos os lobos
que tramam seus novelos
nas xícaras dessa estranha noite

quarup

Sinto medo
quando você dorme
com os pés virados
como um morto
e a anã do décimo primeiro
acorda à noite
com as roldanas do elevador
soando
arrastando correntes
a casa das máquinas rugindo
fora do prazo
vencida pelo tempo
antes elegante
de sua fórmica verde tiffany
e ela a anã
abre a porta
diz
com sua voz rouca:
são as portas do inferno
que se abrem
sabia?
as portas
como asas de um anjo redondo
angel
querubinas com suas saias compridas
andando no pátio assombrado
e joaquina

the fall dance
bausch
numa ópera
num beijo ao sol
gira
como amante que se oculta
e você? desperta
sim. faz o café
e o elevador soa
quarup
silêncio
silêncio
pisem devagar
para tupã se elevar

t

toré

ewe! orvalho.
somos o vento
tipologias
[em caixa baixa
em caixa alta]
como gavetas
línguas líquidas saltando
silenciosas
entre as folhas do bosque
no ilme antigo naquela
trilha
e aquela saudade do café
tupã oh luz do dia nagô
baden folha folhas folhas
e aquela
saudade
da terra prometida
do maíz
quirera para as galinhas
felizes
quando um dia

o dia amanhecer

as sementes

Os fazedores de chuva acordam cedo
para pastorear o rebanho de nuvens
A mulher sustenta a escada que leva ao céu
O homem colhe as nuvens que o carro de bois
Puxado pelo terceiro fazedor de chuva conduzirá

Minha infância fareja o cheiro úmido das nuvens
Infladas gordas como o algodão
Que surgia no giro do oleiro açucarado da vasilha

Posso tecer um vestido com esses novelos líquidos
Posso desmanchar esses novelos no campo
Em fios de água brotando como ovelhas

E virão os pequenos brotos de feijão sobre a terra
Que os fazedores de chuva vão colher
Quando o círculo do tempo rodar
E a terra florir

E a terra florar___

nono

Ao fim do dia nos reunimos
Para contar as sacas de grãos
À minha frente o longo corredor
leva ao fundo do armazém
meu avô veste branco
sua figura
longa
nariz adunco
curva-se para apanhar a farinha
que se derrama da cuia
Eu vejo meus pés
são os pés de minha mãe
Avisaram: você a verá surgir
Você será como ela
Terá os pés magros
E ossos modulados
tortos
Como teclados dissonantes
Ao fim do dia nos reunimos
Para contar os que ficaram
Cada dia alguém parte
Cada noite alguém desaparece
Ao fim da noite nos reunimos
As sacas de grão estão imóveis
Permanecem silenciosamente
Guardadas sob a fibra rude do algodão
Guardam um segredo

Anseiam pela terra negra e profunda
Que um dia as receberá
Ao fim da noite
Resta apenas aguardar
Outro dia
Meus pés são minha herança
A memória
apenas ela
Ao fim do dia conta
Quantas sacas de grãos
ainda restam

teu nome é quem

A calçada
larga
sustenta
o passo cadenciado
da mulher negra
sustenta seu peso antigo
sua pele
bela
lacerada pelos olhos
de quem a vê
tão bela
a calçada larga se alarga mais
ao seu passo
as pessoas alargam a calçada
tudo se faz imenso
ao redor da mulher negra
vibra
grita
destoa
respira
sua estranha pátria
sua pele estrangeira
seu passo nativo
bela
lacerada por olhos
cortada ao meio
pela larga calçada

que se abre
pelos que se afastam
para não abraçar
sua pátria com olhos
a calçada é sua pele larga
são seus olhos
e sustenta os séculos
que a mulher negra carrega
no vestido
sobre ombros
antigos

negra!

canto feito de ferro e flor

Para Gregório Bezerra

O coveiro voltou
Para desenterrar ossos
Arrastá-los no tempo
Para revirar a terra ferida
– As carnes ainda estão vivas.
Todos sabem
[alguém recordou]
E a menina também recordou a mãe
Quando um dia ela disse
Portas
Janelas
Devem ser fechadas
Brinquedos guardados
E a casa
Escura
Sussurrou uma revolução
Do medo
Da loucura
Das facas
Do leite negro das noites de celan
[outra vez]
Mas era apenas Gregório
Que caminhava pela estrada
entre as flores
Entre as pedras
Para alimentar a procissão de santos

Campesinos
De pés pesados
e mãos empoeiradas
Depois a mãe
Cansada de tanta escuridão
Abriu as portas
Abriu as janelas
E a brisa circulou
No pequeno corredor até o jardim
Atravessando os canteiros
As flores de colônia
Brancas
Como o linho alvo
Que Gregório vestia
Entre flores e pedras
Entre santos famintos
De água
De pão
A mãe sorriu
Desenhou o molde no papel amarelo
Costurou o vestido da menina
Bordou pássaros livres
Abriu portas
Janelas
Cadeados sombrios
E perdeu o medo

da liberdade

dois pássaros
interrogam
rodeiam
dois pássaros

caravaggio
luz e sombra

dois pássaros
sem asas
bicos longos
como agulhas
rondam

a guerra
olhos vazados
corpo distante
dois pássaros
atados

caravaggio
luz e sombra

ars memoriae

Tenho uma vaga lembrança
De um pássaro
De um mar
De lembrar essa vaga
Essa água
De reprise de ondas
Filmes desbotados
De sombras
Marcas
De patas úmidas
De animais ao redor da casa
Peixes de celofane
Tenho uma vaga
Que se vai
Que se vem
Alga caravela de fogo
Boiando
Como uma chaga
Essa água
Chamada lembrança
Vagando chegando

eu, viajante
no pequeno bosque de árvores gigantes

o professor erwin adentrou a serra
íngremes paredões
rochas
escarpas selvagens
com suas botas rústicas
e barba longa
e quando eu
emigrante
abro a janela
para essas serras marítimas
à frente
as terras
desdobram
        [uma languidez amorosa e curva]
como uma cauda do mar
que meus olhos alcançam
seu corpo sinuoso
e carrego um dedal dourado
para não me ferir nas lanças
gigantescas
espinhosas
azuladas
da vegetação longínqua
        vejo
ao fim da tarde
o ourives do sol

tecer um manto verde
como uma envoltura
sobre a cabeça dessas árvores
habitantes secretas da serra
às vezes as vejo voarem
tornam-se leves
alongam seus pescoços copas
para avistar as barcas
passando além da sinuosidade
lá ao horizonte
e eu
emigrante
me visto com os dedais do sol
para tocar o pequeno bosque
para trazê-lo
e navegar sua túnica
desconhecida
espinhosa
gigante

aurora

Eis que de Píndaro escuto
    como quando floresce um banquete
Mas o que servem?
Se escuto os animais arranharem minha porta
Antes do amanhecer
Se os sei
Se os sabemos
Antes que a morte da noite nos traga o dia
        Trovões!
E tudo é esse cheiro de terra úmida
Cheiro de tempo
Aroma de café
E as garras de minha Diadorim
Arranham papéis
Se escuto os animais arranharem minha porta
A gana de palavras
Que pronunciem
O nome dos navios que escapam
Pela linha do horizonte
E a mesa posta
Aguarda
    Como quando floresce um banquete
O pão
O dia
    Eis que de Píndaro escuto
Cinquenta pássaros
Desenhados sobre o céu

Este livro foi composto em Garamond Pro e impresso em papel
Pólem 80 gr na primavera de 2019 pela Kotter editorial.